AF388591

Adrian S. Kostré

# Jogging Shorts

(Für Mitläufer)

Bibliografische Information der Deutschen Nationalbibliothek:
Die Deutsche Nationalbibliothek verzeichnet diese Publikation
in der Deutschen Nationalbibliografie; detaillierte bibliografische Daten sind im Internet über dnb.dnb.de abrufbar.





Korrektorat: Helma Bartz

Verlag: BoD · Books on Demand GmbH, In de Tarpen 42,
22848 Norderstedt

Druck: Libri Plureos GmbH, Friedensallee 273, 22763 Ham-
burg

ISBN: 978-3-7597-8639-5

Für Margarita

Berlin 2024

# EINLEITUNG

Die hier gesammelten Kurzgeschichten sind mir mehrheitlich morgens bei meinem täglichen halbstündigen Dauerlauf eingefallen. Ich habe sie bereits auf der Straße, während ich lief, im Kopf fast fertig verfasst und zu Hause, nach dem Duschen, nur noch niedergeschrieben.

Da ich aber mit der Zeit laufen will und ein solcher Dauerlauf heutzutage „Jogging" und eine Kurzgeschichte „Short Story" genannt wird, präsentiere ich hiermit stolz meine „Jogging Shorts"!

PS
Die Doppeldeutigkeit des Titels ist weder beabsichtigt noch mir unwillkommen.

# Das Buch der (Er)Schöpfung

Am Anfang war das Buch und es war weiß und leer. Und das gefiel dem Autor nicht, und der Autor erschuf den Titel. Und der Autor sah, dass der Titel schön war, und war mit sich zufrieden. Und so legte er sich schlafen, bis zum nächsten Tag.

Dann erschuf der Autor die Figuren. Und nannte die einen Helden und die anderen Schurken. Und da wurde es schon wieder sehr spät, und es kam der dritte Tag.

Am dritten Tag schaute der Autor sich sein Werk an und beschloss, dass es etwas dazwischen benötigt, was die Figuren verbindet. Und der Autor erschuf dieses Etwas, und das Etwas nannte er die Handlung. Und weil das alles so viel Arbeit war, rauchte er noch ganz gemütlich eine Zigarette und streckte dann alle viere von sich bis zum Donnerstag.

Am Donnerstag erwachte der Autor mit starken Kopfschmerzen, weil er zu viel geraucht und zu wenig gegessen hatte. Er konnte gerade noch den einen oder anderen Gedanken festhalten, den er dann in die Handlung einbauen wollte, und er nannte diese

Gedanken Ideen. Und als er irgendwann keine mehr hatte, schlief er erschöpft ein.

Am fünften Tag dachte der Autor über die Handlung nach und beschloss, dass sie einen traurigen Anfang und ein fröhliches Ende bekommen soll, und dazwischen noch sehr viel Text, in dem es nur so von Figuren wimmelte, die der Handlung folgten. Und er nannte den Anfang „das erste Kapitel" und das Ende „das letzte Kapitel" und die Handlung dazwischen „die Geschichte". Und er fand, dass das genug Leistung für einen Freitag war. Und da kam schon das Wochenende.

Am Samstag fiel dem Autor nicht mehr viel ein. Er war zu spät aufgestanden und ziemlich ausgelaugt von der anstrengenden Woche, und schaffte es in den wenigen Stunden des Tages, die ihm noch übrig blieben, nur noch den Ort der Handlung zu bestimmen. Und so schaute sich der Autor sein Werk an und fand, dass es gut war, und er sprach zu seinen Lesern: „Seht, ich habe euch alles gegeben: den Titel und die Figuren, die Handlung und die Ideen, den Hinweis auf die Kapitel und auf die

Notwendigkeit einer Geschichte und sogar den Ort der Handlung. Was wollt ihr noch von mir?"

Und am Sonntag ruhte sich der Autor verdienterweise, wenn auch etwas frustriert aus, und er tat absolut nichts mehr.

Und nun, liebe Leser, sind Sie dran. Machen Sie etwas daraus!

# Zwetschgen

Sie wollte Zwetschgen. Sie hatten keine. Also habe ich ihr unterwegs ein paar Pflaumen geholt.

Es war Ostern. Schon zum zweiten Mal in diesem Jahr. Den Bäumen war das egal. Sie hielten sich nicht an Kalender und blühten fröhlich vor sich hin, sobald sich die Sonne ausreichend lange am Himmel aufhielt und der Regen sein Übriges tat.

Ganz anders als meine Frau, die ihr Leben nach Bräuchen und Regeln ausrichtete, so wie alle anderen auch.

Alles war auf Jahre im Voraus geplant. Nur wie viele es werden, wusste niemand: vom Kindergarten über die Schule und gegebenenfalls den Uniabschluss bis zu einem möglichst festen Arbeitsplatz und mindestens 420 Monaten Einzahlung in die Rentenversicherung, dann Rente, eventuell Altersheim und ein Platz auf dem Friedhof.

Die einzelnen Jahre selbst waren von der Schulzeit an auch genau aufgeteilt beginnend bei Neujahr und den Winterferien, über Ostern und Osterferien,

Sommerferien und Herbstferien bis Weihnachten und Silvester.

Dazwischen die gesetzlich vorgeschriebenen Feiertage von Christi Himmelfahrt und Pfingstmontag über den Tag der Arbeit und den Tag der Einheit, eventuell auch die Heiligen Drei Könige, den Internationalen Frauentag, Fronleichnam und Mariä Himmelfahrt, Weltkindertag und Reformationstag, Allerheiligen sowie Buß- und Bettag.

Nicht zu vergessen, der Anspruch auf Urlaub: in der Regel vier bis sechs Wochen.

Die Wochen bestanden aus jeweils fünf bis sechs Arbeitstagen und einem ein- bis zweitägigen Wochenende.

Die Tage wurden wiederum irgendwann dreigeteilt. Mindestens ein Drittel des Tages sollte die Arbeit in Anspruch nehmen.

Der Rest des Lebens stand zur freien Verfügung.

Bei einer solchen Vorbestimmung war der Wunsch nach Selbstbestimmung, der sich in der Wahl der Früchte äußerte, Zwetschgen oder Pflaumen, nur verständlich.

Die Pflaumen dagegen wussten nicht, dass sie von den einen Pflaumen, die Zwetschgen nicht, dass sie von den anderen Zwetschgen genannt werden. Sie dufteten einfach und leuchteten dunkelblau, sobald es ihnen danach war. Und sie schmeckten so lecker obendrein. Wie das freie Leben.

# Freigeist

Ich habe neulich beim Joggen einen falschen Sender mit meinem Radiokopfhörer erwischt. Oder war es ein multikultureller …? Jedenfalls übertrug dieser eine Messe auf Portugiesisch. Zumindest so von mir vermutet: das Portugiesische, nicht die Messe.

Die Messe selbst erkannte ich als solche bereits am monotonen ermahnenden Singsang des Predigers und bald schon unverwechselbar das Vaterunser. Eigentlich verstand ich kein Wort davon und dennoch alles, da ich als Katholik „das Original" kenne, auf Deutsch.

Und weil die katholische Messe eine weltweit mit gleichem Ablauf festgelegte Liturgie ist, konnte ich ihr in dieser mir fremden Sprache mühelos weiter folgen. Allerdings nur noch eine Weile, bis ich hopsend und an meinem Ohr fummelnd den richtigen Sender fand: radioBerlin 88,8 100 % Berlin.

Und während mein Lieblingsmoderator auf mich einredete („Egal, ob Café, Buchladen, Restaurant oder mehr: Werden Sie ein ‚Local Hero' und unterstützen Sie damit aktiv Ihren Lieblingsort in Ihrem Berliner Kiez!") ging mir ein Licht auf.

Das christliche und insbesondere das katholische Glaubensbekenntnis ist wohl deswegen das am weitesten verbreitete in der ganzen Welt! Weil man für sein Geld überall das Gleiche bekommt!

So eine Art McDonald's auf geistlicher Basis. Oder Burger King – das wären dann die Protestanten.

Der Gottesdienst, die Predigten, die Hostie ... Über die Qualität lässt sich streiten, aber nicht über die Verlässlichkeit.

Im Namen des Burgers, des Cheeseburgers und des Vanilla-Shakes.

Amen!

# Gefährliche Gedanken
## (für Felix)

Gefährliche Gedanken sind in der Regel allein für diejenigen gefährlich, die sie denken. Und eigentlich nur, wenn sie sie aussprechen – oder, Gott bewahre, aufschreiben.

Zum Beispiel Galileo Galilei.

Was hat es ihm gebracht, zu behaupten, die Sonne würde sich nicht um die Erde drehen, sondern umgekehrt. Wen kümmert es? Früher oder später wären wir auch selbst draufgekommen.

Und spätestens seit Einstein seine Relativitätstheorie aufgestellt hat, wissen wir, dass das alles nur eine Frage der Perspektive ist. Von irgendeinem der unzähligen Betrachtungspunkte aus gesehen tappt die Erde tatsächlich auf der Stelle. Und nicht nur die Sonne - das ganze Universum dreht sich mit ihr um die Erde herum. Oder doch nicht?

So genau kann das nur Gott sagen, der das Ganze erschaffen hat. Aber er schweigt. Nicht nur dazu. Und denkt sich was. Ich möchte lieber nicht wissen, was er so denkt - oder was er sich bei dem einen oder anderen Ding so gedacht hat. Zum Beispiel bei dem Brand von Notre-Dame.

Übrigens: Wir hatten neulich schlechtes Wetter. Ich kam zurück vom Joggen. Meine Frau schaute besorgt aus dem Fenster auf die Straße und sah den dunklen Himmel, die schwarzen Wolken und mich in dem schweren Regen vor der Tür. Ich schaute von der Straße aus durch das gleiche Fenster hindurch und sah das warme Licht in unserer Wohnung, den aufsteigenden Dampf aus dem Teekessel und das engelhaft schöne Gesicht meiner Frau.

Alles eine Frage der Perspektive.

Aber zurück zum Galileo.

Galileo wurde für seine ketzerischen Gedanken schwer bestraft und verbrachte den Rest seines Lebens in Angst und Hausarrest. Zugegeben: Seine Gedanken waren nicht dumm, aber sie 1615 öffentlich auszusprechen, war es auf jeden Fall.

Manchen erging es noch schlimmer.

Jan Hus und Giordano Bruno waren dumm genug, um auf ihren gefährlichen Gedanken zu beharren. Hus stellte den Papst infrage, Bruno das Jenseits – und genau dort landeten sie beide, verbrannt auf dem Scheiterhaufen per Papstdekret.

Unser Heiland ...

Es ist stets gefährlich, auf dumme und dumm, auf gefährliche Gedanken zu kommen. Niemand, der halbwegs bei Verstand ist, mag gefährliche Gedanken. Sie sind nicht nur unbequem, sondern zwingen einen selbst zum Nachdenken und dabei könnte man auf Gedanken kommen ...

Schnell verwerfen, bevor es brenzlig wird.

Also: Notre-Dame.

Da hat es doch heftig gebrannt. Die Welt hielt den Atem an: Das schöne Gebäude und die vielen Reliquien von unschätzbarem Wert drohten den lodernden Flammen zum Opfer zu fallen. Die Hoffnung auf himmlische Rettung, nicht in Sicht.

Nicht einmal geregnet hat es.

Die Heilige Dornenkrone, die Jesus am Tag seiner Kreuzigung trug, wurde gerettet. Von unschätzbarem Wert.

Genau.

Woran bemisst sich ihr Wert? Wir wissen nicht einmal, ob sie echt ist. Ich habe da eine Vermutung, die ich aber als guter Katholik nicht äußern möchte. Ich sage nur: "Gefährliche Gedanken".

Wir können uns auf jeden Fall auf einen symbolischen Wert einigen.

Das gilt aber auch für die Kathedrale selbst, denn eine echte Kirche ist sie schon lange nicht mehr. Die endlosen Kolonnen von Touristen haben sie längst entweiht, sinnentleert. Sie ist nur noch eine Hülle, ein Platzhalter für etwas von tatsächlich unermesslichem Wert, das kein Stein verkörpern kann, ein Souvenir für alles durchdringende und vorbeiziehende Massen.

Oder doch nicht?

Millionen, fast eine Milliarde Euro haben private Geldgeber angeboten, um den weltbekannten Sakralbau wieder aufzubauen. Ganz viel Holz, auch jenes, welches gebraucht wird, um den Dachstuhl und den zur Asche gewordenen kleinen Turm in der Mitte des Dachs neu zu errichten.

Das deutsche Fernsehen berichtete – oder auch nicht.

Die Öffentlich-Rechtlichen brachten zwar ausführliche Meldungen in ihren Nachrichtenblöcken und sendeten sonst munter weiter, wie geplant, ohne eine Programmänderung. Das war sogar einigen Politikern zu viel, Pardon, zu wenig und selbst ein bekannter ARD-Kollege twitterte empört: "Warum gab es keinen ARD-Brennpunkt zum Brand von Notre Dame?"

Wie bitte? Reicht es nicht, dass es in Paris brennt?

Nur so ein Gedanke, aber ein gefährlicher.

Die Kohle, die übrig blieb aus einem der Absätze zuvor, also die bereits versprochenen Millionen aus französischen Milliardärsfamilien und die Spenden, zu welchen in Deutschland unter anderen der Bundespräsident und der Berliner Senat aufgerufen haben, verheißen nur Gutes für Notre-Dame.

Weniger aber für „nos enfants".

Fast neun Millionen Kinder sterben jährlich durch behandelbare Krankheiten oder an Hunger – dabei sichert schon ein Euro eine Tagesernährung für ein hungerndes Kind.

Pech gehabt.

Daraus wird nichts.

Es gilt zunächst, ein Symbol des Christentums zu retten. Christlich handeln können wir danach.

Eventuell.

Ein wirklich schönes französisches Wort.

Die Hoffnung jedoch stirbt bekanntlich zuletzt.
Also wollen wir beten und fest hoffen, dass wenigs-
tens jene Kinder, die durch Gottes Gnade sowohl die
Krankheiten als auch den Hunger überleben, sie irgendwann zu sehen bekommen.

Notre-Dame!

# Göttliche Nacht

Den ganzen Tag schon hat mich der folgende Gedanke geplagt, den ich irgendwo aufgeschnappt habe:

„Staaten zeichnen sich dadurch aus, dass sie Grenzen haben, in denen die Staatsbürger leben dürfen. Innerhalb dieser Grenzen werden ihre Geschicke von einem mehr oder weniger kompetenten Staatsoberhaupt gelenkt. Selbst bei kulturellen Unterschieden erweisen sich die Grenzen als nützlich, um diese im Zaum zu halten.“

Cui bono? So dachte ich und stellte mir die Frage, ob auch Kriege darin ihren Ursprung haben.

In der Nacht desselben Tages wurde ich dann plötzlich zu etwas Ähnlichem wie ein Gott und es passierte Folgendes.

Ich hob die Grenzen auf: weltweit. Es gab keine Staaten mehr und somit auch keine Staatsbürger und keine Staatsoberhäupter. Auf einmal waren alle nur noch Erdlinge. Doch die Erdlinge bekämpften sich trotzdem.

Sie unterschieden sich in der Hautfarbe. Die vermeintlich Weißen bekämpften die vermeintlich Schwarzen. Zusammen taten sie sich nur, wenn es darum ging, die angeblichen Rothäute auszurotten. Die sogenannten Gelben warteten auf ihre Chance.

Also machte ich sie alle einfarbig. Ich wählte ein leichtes Braun, das vor Sonnenbrand schützt und im Winter zumindest optisch wärmt.

Aber die Braunen bekämpften sich weiter.


Es stellte sich heraus, dass sie verschiedenen Religionen angehörten und an verschiedene Götter glaubten.

Nichts leichter als das, dachte ich und befahl: „Ich bin der Herr, dein Gott. Du sollst keine anderen Götter haben neben mir. Und auch sonst nur tun, was ich dir sage. Und auf niemanden hören, der angeblich in meinem Namen spricht!"

Sie taten, wie befohlen, und kämpften immer noch.


Die Sprachen waren schuld. Sie redeten in fremden Zungen miteinander und konnten einander nicht verstehen.

Also nahm ich ihnen die Sprachen weg und ersetzte sie durch eine gemeinsame, die namenlos blieb, weil sie keines Namens mehr bedurfte.

Doch es half nicht.

Sie hatten immer noch verschiedene Nationen, Traditionen und Frustrationen. Ich erlöste sie von diesen mit unzähligen Absolutionen, aber sie hörten nicht auf.

Am Ende waren es die familiären Bindungen, die sie gegeneinander aufbrachten. Ich hatte keinen Bock mehr und ließ sie kämpfen. Bis nur zwei übrig blieben. Und die zwei machte ich zu Brüdern. Und ich nannte sie Kain und Abel.

Und ich wachte erschöpft auf.

# Besuch
## (für Werner und Wilai)

Ich habe mich sehr darauf gefreut. Zwei meiner besten Freunde haben zugesagt, mich auf meinem kleinen Anwesen im kroatischen Inland zu besuchen. Im Ruhestand habe ich mich dort für mehrere Monate im Jahr angesiedelt.

Drei Wochen wollten Werner und Wilai bleiben. Zeit genug, um ihnen alles Sehenswerte zu zeigen.

Werner, ein waschechter Westberliner, kannte Kroatien bereits von seinen früheren Besuchen, allerdings nur die Küstenlandschaft und die Hauptstadt Zagreb.

Wilai, seine thailändische Ehefrau, die schon die halbe Welt bereist hat, war auch mal in Dalmatien gewesen. Der Besuch bei mir in Pakrac, in der grünen Ebene Slawoniens, sollte für sie eine gänzlich neue Erfahrung werden – dachte ich in Vorfreude.

Werner hatte bereits gegoogelt und wusste, dass ihn dort einige Fischteiche erwarten (die Angel hatte er eingepackt) und dass überall im Landesinneren annehmbares Bier zu holen ist. Das musste genügen.

Aber hier muss ich mich bremsen, denn die ganze Einleitung ist fast länger als das, was ich eigentlich erzählen möchte.

Es geht um Wilai. Wie gesagt, sie hat bereits so vieles, das andere nur von Bildern kennen, mit eigenen Augen gesehen. So etwas wie Slawonien dürfte ihr jedoch gänzlich neu erscheinen. Und sie würde wohl die erste Thailänderin sein, die Slawonien je gesehen hat.

Ich war mir nicht sicher, ob es ihr gefallen wird, wusste aber, dass sie sich wie die meisten Touristen nicht einmal vorstellen kann, welche beeindruckenden Landschaften Kroatien jenseits der Adriaküste zu bieten hat.

Denkste!

Wilai war alles andere als beeindruckt.

Kurz nachdem wir Kroatien erreicht und statt rechts gen Süden ans Meer, nach links in die unendlichen Weiten des kroatischen Ostens abgebogen sind, verkündete ich euphorisch: „Das ist Slawonien!"

Daraufhin meinte Wilai nur, die gerne Deutsch mit Englisch vermischte: „Kenn schon. Same same Brandenburg."

Und damit fing alles an.

Die grünen Wälder Slawoniens sahen „Same Bayern" aus.

Die zahlreichen Flüsse und Teiche waren „Same Spreewald".

Das Gebirge rundum sah im Großen und Ganzen „Same Sachsen" aus.

Stellenweise präziser: „Same same Lausitz."

Selbst beim Anblick der zahlreichen immer noch kriegsbedingt renovierungsbedürftigen Häuser erinnerte sich Wilai an den Osten Deutschlands nach dem Mauerfall.

Bei einem Ausflug nach Zagreb erfuhr ich, dass es wie Wiesbaden aussieht.

Und als wir dann einen Abstecher in das nahegelegene Bosnien machten, einen ganz anderen Staat, und durch die fantastischen Schluchten des Vrbas-Flusses fuhren und letztendlich von einer Aussichtsplattform in das grüne Tal darunter blickten, hörte ich von Wilai nur das niederschmetternde Urteil: „Same same Saarschleife".

Mann, ich wusste noch nicht einmal, dass sie „Saarschleife" aussprechen kann.

Als wir dann in andächtiger Stille, in der ich mich fragte, wozu wir jemals Deutschland verlassen haben, zurück nach Kroatien fuhren, musste ich gleich nach der Grenze kurz rechts ranfahren.

Als mich Wilai besorgt fragte, ob alles in Ordnung sei, erwiderte ich nur knapp: „Alles OK. Same, same Oberkotzau."

# Happy End
## (für Werther)

Es heißt, wenn man stirbt, würde einem sein ganzes Leben noch einmal vor den Augen erscheinen, Revue passieren.

Mir widerfährt das beim Joggen.

Nicht alle auf einmal, aber Tag für Tag kommen mir dabei Bilder längst vergangener Zeiten wieder in den Sinn. So lebendig, als geschähe alles hier und jetzt.

Die ganzen schönen Mädchen, mit denen ich einst zusammen war!

Marica, Vlatka, Ljiljana, Mia, Spomenka, Saša, Darija, Tanja, Ružica, Sonja, Yvonne, Jacqueline, Buca und Ceca (sie waren unzertrennlich), Karmen, Theresia, In Sook, Song Soon, Natalija, Nikoline, Franziska, Marlene, Monika, Veronika, Sirirat, Tina, Prajuab, Sophie, Bettina, Rose, Maria Valentia, Ruth, Larissa, Caroline ...

Wenn es dann mal so weit ist, werde ich wohl sehr, sehr lange sterben.

Irgendwie freue ich mich aber schon darauf.

# Apfeldiebe

Sie hatten alles und wussten es nicht. Sie waren ahnungs- und wunschlos glücklich und wussten nicht einmal das.

Wie ein Mann, der nachts aufwacht, weil er einen bedeutenden Traum hatte, und sich vornimmt, diesen am nächsten Morgen unbedingt aufzuschreiben, und schläft dann wieder ein und wacht dann wieder auf und hat den Traum vergessen und vermisst nichts und verspürt nur ein etwas seltsames bitteres Gefühl der Unzufriedenheit, das er (sich) nicht erklären kann, als hätte er etwas vergessen, bis er schließlich auch das vergisst.

Der Vergleich hinkt!

Als Eva in den Apfel biss, erkannte sie, was Adam hatte und sie nicht hatte und dass sie Adam wollte, er aber sie nicht wollte, und sie wollte, dass er den gleichen Wunsch verspürt, nicht weil sie ihr Glück teilen wollte, sondern ihr Unglück, welches ihr die Erkenntnis brachte.

Und so ist es mit euch, die ihr Kriege führt, von anderen, von uns angezettelt, und uns dafür verantwortlich macht, dass ihr in den Apfel gebissen habt.

Ihr könnt den Teufel nicht zur Rechenschaft ziehen, dafür, dass er ein Teufel ist, und selbst wenn ihr ihn loswerden würdet, würdet ihr nicht euch loswerden, eure Bereitschaft, auf den Teufel zu hören und solche, die es nicht tun, dazu zu verführen.

Nur wenn ihr widerstehen würdet, wäre der Teufel besiegt und gezwungen, sein Tun und Sein aufzugeben, da es frucht- und sinnlos wäre.

Und dann könnten wir uns wieder alle schlafen legen, um wieder aufzuwachen ohne Wünsche, Reue und Erinnerung.

So hat uns Gott geprüft und wir haben nicht bestanden, machen aber Gott und die Prüfung für unser Unglück verantwortlich, und wenn es den Teufel nicht gäbe, so hätten wir ihn erfunden, nur um nicht selbst schuld sein zu müssen an dem, was wir taten und was wir sind: Apfeldiebe.

Denn genau das ist der Mensch und was ihn ausmacht, und seine Menschlichkeit beinhaltet immer auch das Böse in uns, und wir sollten auf diese weder stolz sein noch uns mehr davon wünschen und auch nicht die Göttlichkeit ersehnen, denn unser Gott ist ein unglücklicher Gott, ein Vater, dessen Kinder missraten sind, und das einzig wirklich Wünschens- und Erstrebenswerte ist eines Tages wieder die Unschuld Adams zu erreichen vor dem Biss in den Apfel, doch diese ist uns in dem Augenblick für immer verloren gegangen, in dem wir von dem Apfel Kenntnis erlangten und wir müssten jetzt auf alles verzichten, was wir früher weder hatten noch vermissten und könnten dennoch so lange nicht glücklich werden, wie wir uns daran erinnern.

Um glückliche Menschen zu werden, müssten wir aufhören, Menschen zu sein, und wären dann allerdings weder Menschen noch glücklich. Wir würden nur sein. Niemandem von Nutzen – nicht einmal uns selbst.

Und so können, wollen wir nicht leben, seitdem wir den Apfelbaum entdeckten und von seiner fruchtbaren und furchtbaren Frucht kosteten, und sind bereit zu töten und zu sterben nur um unserer vermeintlichen Selbstbestimmung willen, als gäbe

es kein Morgen, kein Gestern und kein Jetzt und am
Ende aller Wege nur den Apfelbaum.

# Das Zauberwort
### (Für die ewig Gestrigen)

Heutzutage klingt es wie eine Quizfrage: „Wie heißt das Zauberwort?"

Menschen in meinem Alter dürfte die Antwort nicht schwerfallen. Bei den Jüngeren bin ich mir nicht sicher.

Ach so …

Ja …

Die Antwort lautet: „Bitte!"

Ich kann mich noch genau an die Peinlichkeit erinnern, die mir mit sechs Jahren in der Wiesbadener Goebenstraße widerfuhr. Mein Papa gab mir eine Mark und sagte, dass ich uns von dem Bäcker an der Ecke zwei Brötchen zum Frühstück holen soll. Ich ging hin, stand als Letzter in der Reihe vor dem prall gefüllten Tresen des Bäckers, und als ich dran war, fragte er: „Was kann ich für dich tun?"

„Ich hätte gerne zwei Brötchen", antwortete ich arglos, worauf jene schrecklich beschämende Frage folgte, die mir alle Freude an dem Tag raubte: „Und wie heißt das Zauberwort?"

Ich wusste die Antwort nicht. Er musste sie mir beibringen.

Zu jener Zeit, in der ich aufwuchs, war ohne „bitte" nichts zu holen, nicht einmal in einer Kneipe. „Was darf ich Ihnen bringen?", fragte die Kellnerin und der Gast sagte: „Ein Bier, bitte!" Nicht: „Ich nehm' ein Bier!" Da hätte jeder Kellner gesagt: „Das will ich mal sehen!" Oder: „Ich krieg' ein Bier!" „Sie kriegen erst mal gar nichts. Wie heißt das Zauberwort?"

Es waren eben andere Zeiten. Man schätzte die Höflichkeit und nahm Rücksicht aufeinander. Es gab nicht nur Zauberworte, sondern auch bezaubernde Menschen. Solche sind mir schon lange nicht mehr begegnet.

Es war ganz normal, einen unbekannten Erwachsenen zu siezen. Ab dem Gymnasialalter wurde man selbst von den Lehrern mit "Sie" angesprochen. Auf dem Namensschild einer Verkäuferin stand zum

Beispiel „Fr. Schmidt" und nicht etwa „Jenny". Das Siezen funktionierte auch als Schutz vor verbalen Entgleisungen. Nach dem damaligen Sprachverständnis musste man spätestens dann zum "Du" übergehen, wenn man jemanden mit „du Arschloch" ansprechen wollte: „Sie Arschloch" ging gar nicht.

Wenn man mit den öffentlichen Verkehrsmitteln unterwegs war, war es eine Selbstverständlichkeit, einem älteren Menschen oder einer schwangeren Frau seinen Sitzplatz zu überlassen. Ebenso selbstverständlich war es, einer Dame oder einem Herrn in den Mantel zu helfen oder eine schwere Tür aufzuhalten. Wenn ein einsamer Passant einer Gruppe Schüler auf dem Bürgersteig begegnete, musste er nicht auf die Straße ausweichen, um an ihnen vorbeizukommen: Sie haben ihm Platz gemacht!

Als ich die Fahrschule besuchte, brachte man mir unter anderem bei, zunächst in den Seitenspiegel zu schauen, bevor ich die Fahrertür öffne. Auch zu blinken, bevor ich abbiege oder die Spur wechsle. Und auf keinen Fall bei Rot durchzufahren! Die hohe Kunst, eine Kreuzung nicht zu blockieren, indem man trotz Grün an der Ampel stehen bleibt, wird heute nur noch von Buddhisten praktiziert.

Auch Spucken oder gar Schnäuzen in der Öffentlichkeit empfand man einst als eklig, dafür gab es Taschentücher. Heute wird beides bei jedem Fußballspiel vor laufender Kamera und einem Millionenpublikum praktiziert und weltweit übertragen.

Egal, was den Streit ausgelöst hat, einen, der bereits auf dem Boden lag, weiter zu schlagen, galt als verabscheuungswürdig. Dabei tatenlos zuzusehen oder sich abzuwenden, deutete man nicht als klug, sondern als feige.

Ein Christ zu sein, war dagegen nichts, wofür man sich zu entschuldigen brauchte. Die Fremden, die zu uns zogen, versuchten sich anzupassen.

Auch du wirst eines Tages in die Jahre kommen, hieß es damals, deswegen erweise den älteren Menschen den gleichen Respekt, der dir dann zustehen wird.

Oder: „Was du nicht willst, das man dir tu', das füg' auch keinem andern zu".

Und Johann Gottfried Herder stellte die Behauptung auf: „Wer seinen Pflichten entsagt, verliert seine Rechte, die der Pflicht ankleben".

So bin ich erzogen worden und daran habe ich mich 60 Jahre lang gehalten. Nun habe ich endlich das Alter erreicht, in dem die anderen mir in den Mantel helfen und für mich in der U-Bahn aufstehen werden. Das "Sie" versteht sich von selbst.

Hey Alter, geht's noch?

Oder anno dunnemals: Wie bitte?

# Worauf kommt es an?

Ganz klar darauf, dass Seins Meins wird.

Und ich sage euch, das Seine wird das Meine, denn er hat kein Recht darauf und sein Anspruch wird einzig dadurch begründet, dass er es besitzt, als wäre der Besitz etwas Gottgegebenes. Dabei hat unser Vater, als er den Himmel und die Erde erschuf, nicht gedacht und auf keinen Fall eingeplant, dass irgendetwas davon irgendjemandem bevorzugt oder gar einzig und allein gehört.

Gott hat alles außer Eigentum eingerichtet, das eindeutig von Menschen erschaffen und somit Teufelswerk ist.

Denn der Teufel ist eine Erfindung des Menschen, damit er nicht selbst und allein für seine Taten verantwortlich gemacht werden kann.

Und so greift er an, weil Gott es ihm angeblich befohlen, und wenn er daran scheitert, so trägt der Teufel daran Schuld.

Und so leben und sterben wir für Sein und Mein.

Das Eine wollen wir erobern, das Andere beschützen. Und das Erobern nennen wir Befreien. Und die anderen nennen unser Befreien Erobern. Und beides, das eins ist, lassen wir unsere Söhne verrichten, opfern unsere Töchter und Frauen und schließlich uns selbst, um zu obsiegen, obwohl kein Zugewinn auch einen einzigen Verlust wert ist.

Denn das Seine war niemals seins und das Meine niemals meins. Und der Besitz hat die Trennung begründet, das Wir und das Ihr.

Und sollten wir es tatsächlich schaffen, die anderen zu vernichten und uns alles einzuverleiben, so würden wieder manche mehr und manche weniger besitzen und es würde aufs Neue entstehen: das Ihr und Wir.

Und so würde es dann weitergehen, bis ein einziger übrig bleibt, der alles sein Eigen nennt.

Und er hätte dann nur einen Wunsch, dass er irgendwann jemandem begegnet, dem er seinen Besitz und Anspruch vorführen kann und der es ihm dann streitig machen wird.

Und sobald der eine oder der andere obsiegt hat, wird er sich wünschen, dass er irgendwann jemandem begegnet, dem er seinen Besitz und Anspruch vorführen kann und der es ihm dann streitig machen wird.

Und sobald der eine oder der andere obsiegt hat, wird er sich wünschen, dass er irgendwann jemandem begegnet, dem er seinen Besitz und Anspruch vorführen kann und der es ihm dann streitig machen wird.

Und sobald der eine oder der andere obsiegt hat, wird er sich wünschen, dass er irgendwann jemandem begegnet, dem er seinen Besitz und Anspruch vorführen kann und der es ihm dann streitig machen wird …

# Mut zur Lücke
### (für Helma)

Bedauerlicherweise muss ich gleich zu Anfang zugeben, dass ich noch nichts geschrieben habe, was man in der Weltliteratur schmerzlich vermissen würde: wenn ich es geschrieben hätte, und wenn es dann jemand gelesen hätte, und wenn es danach irgendwie verschwunden wäre und eine Lücke in der Literaturgeschichte hinterlassen hätte ...

Offensichtlich wird auch das hier kein Meisterwerk. Wie zum Beispiel "Das hässliche Entlein" oder "Hundert Jahre Einsamkeit" oder die "Göttliche Komödie".

Das zuletzt Genannte wird als eines der größten Werke der Weltliteratur angesehen. Auch von denen, die die Dichtung von Dante Alighieri nie gelesen haben. Und das ist weitaus mehr als die Hälfte der Leser, die bei Hugendubel einkaufen. Sie würden sich dennoch fürchterlich darüber aufregen, wenn jemand verkünden würde, die "Divina Commedia" für immer verschwinden zu lassen. Auch wenn sie nie vorhatten, sie jemals zu lesen.

Wenn ich so darüber nachdenke, wird der Wert der Literatur offensichtlich nicht dadurch bestimmt, wie viele ein bestimmtes Werk gelesen haben, nicht einmal dadurch, ob es überhaupt gelesen wird.

Selbst zahlreiche Auflagen und astronomische Verkaufszahlen spiegeln keinesfalls die Bedeutung betreffender Druckwerke für die potenzielle Leserschaft wider. Zu den meistverkauften und am wenigsten gelesenen Büchern gehören sowohl die Bibel als auch die gesammelten Werke von Marx und Engels. Es ist also um meine Literatur gar nicht so schlecht bestellt, wie ich anfangs dachte.

Und wer bin ich, zu urteilen, was gute Literatur ist und was nicht. Auch wenn es um die Eigene geht.

Ich habe sogar Leser. Ich weiß von mindestens einem Leser oder einer Leserin, die just in diesem Augenblick meine Zeilen liest. Sogar das Kleingedruckte: Ich danke Ihnen sehr!

Und wenn ich das hier nicht geschrieben hätte, dann wäre für diese wenigen Minuten des Lesens eine Lücke im Leben meiner Leser entstanden, die sie möglicherweise noch sinnloser ausgefüllt hätten.

Und heißt das am Ende, dass ich nur ein Lücken-
büßer der Literatur bin? Und dass Sie das hier lesen,
allein weil Sie gerade nichts Besseres zu tun haben?

Dann lieber gar nicht lesen, weder mich noch
Dante.

Und stattdessen Charakter zeigen.

Und: Mut zur Lücke!

# Toi, toi, toi ...
## (Glück im Unglück)

Sie war eigentlich nahe dran, für immer aufzugeben. Hier und da eine Komparsenrolle beim Film, die nervigen Einsätze als Bodydouble, genau drei Mal in Werbung aufgetreten und das war's. Der Traum von einer Schauspielkarriere schien ausgeträumt, nicht mehr realistisch, eher ein Selbstbetrug …

Und dann, wie in einer Seifenoper, klingelte das Telefon.

„Ich habe eine Rolle für dich", sagte ihr Agent, den sie bis zu diesem Augenblick für einen noch größeren Versager als sich selbst hielt.

So konnte sie ihren Ohren fast nicht glauben, als er mit einer dramatischen Pause hinzufügte: „In einer Serie".

„Nein?", sagte sie.

„Ja!", sagte er.

„Wer bin ich?", fragte sie.

„Eine Ärztin", sagte er.

„Wie viele Staffeln?", fragte sie.

„Fünf", sagte er.

„Wow!", sagte sie.

„Du stirbst aber", sagte er (etwas zögernd).

„Wie? Nein! Wann?", fragte sie.

„In der ersten Folge", sagte er.

„Scheiße", sagte sie (fluchte eigentlich).

„Yep", sagte er.

Dramatische Pause.

Und er fuhr fort: „Aber du hast Glück".

„Wie Glück?", fragte sie (entnervt).

Mit einem verschwörerischen Ton und einem leichten Triumph in der Stimme beeilte er sich aufzuklären: „In der Serie geht es um Zombies."

„Ich bin ein Zombie?", fragte sie (neue Hoffnung schöpfend und dennoch – die Vorstellung, hässlich zu sein, schreckte sie ein wenig ab).

„Yep", sagte er. „Mehrere Staffeln lang."

Man könnte das so noch ewig weiterschreiben, aber ich frage mich langsam, ob ich es nicht lieber verfilmen sollte?

# Traumland

Es gibt so viele Länder auf dieser Welt und ein jedes Land zeichnet sich durch etwas aus, dass ein anderes so nicht hat oder kennt. Und es erscheint nur logisch, dass man das Eigene, das Land, in dem man aufgewachsen ist, in der Regel den fremden Ländern vorzieht – in der Regel.

Doch ausgerechnet das Volk, das „kein schöner Land" als seins kennt und besingt, gibt sich mit diesem keinesfalls zufrieden. In der stets nach Vollkommenheit strebenden Seele dieses Volkes schlummert eine tiefe Sehnsucht nach einem idealen Stückchen Erde, von dem es spätestens vor jedem Urlaub immer wieder zu träumen beginnt.

Als ich mir dessen bewusst wurde, wollte ich sofort, da ich selbst in der Fremde aufwuchs und die Sehnsucht in umgekehrter Richtung kannte, diesem meinem Volk einen Dienst erweisen.

Lange habe ich es gesucht, mehrfach die Welt umrundet, mit Tausenden gesprochen und es schließlich nach den mir so übermittelten klaren Vorgaben endlich gefunden: das Traumland der Deutschen!

Es liegt nur eine Flugstunde von hier entfernt. Man könnte es an einem Tag sogar mit dem Auto erreichen. Dort ist es immer schön: Auf Schritt und Tritt begegnet man blühenden Zitronen und nahezu alle verstehen und sprechen Deutsch. Die Temperaturen unterschreiten niemals 21 Grad Celsius und überschreiten niemals die 30 Grad. Regnen tut es dort nur nachts, wenn alle schlafen und niemals samstags – weshalb man gerne auch nur zum Wochenende hinfahren oder -fliegen kann.

Neben den außerordentlich hilfsbereiten, gut aussehenden und gepflegten Einheimischen, die sich jedoch nur dann blicken lassen, wenn man sie braucht oder ruft, begegnet man in diesem sagenhaften Land nur noch anderen Ausländern, die uns grundsätzlich freundlich gesinnt oder einfach nur sympathisch sind: wie zum Beispiel die Schweizer, Franzosen oder Italiener.

Leckeres frisch gebackenes Brot gibt es dort in allerlei Sorten an fast jeder Ecke für ein, zwei Euro zu kaufen und das Flüssige, offensichtlich nach deutschem Rezept gebraute, schmeckt auch ganz ordentlich. Selbst der Wein ist für den Preis mehr als

OK, das Essen reichlich und dennoch nicht schwer auf den Magen fallend.

In den bestens ausgestatteten Hotels haben alle Zimmer einen Blick aufs Meer, Kinderspielplätze mit geschulten Betreuern sind eine Selbstverständlichkeit ebenso wie beheizte Pools, moderne Sportplätze, Fitness-, Spa-Bereich und deutschsprachige Animation.

Hunde und sonstige Haustiere sind überall herzlich willkommen.

Die stets sauberen Badestrände aus feinstem Sand sind niemals überfüllt und alle kennen und halten sich an die Handtuch-Regel.

Zwei bis drei Wochen im Jahr dort zu verbringen, ist auf jeden Fall günstiger, als zu Hause zu bleiben!

"Costa del Sogni" heißt das Land.

Auf Deutsch: "Träum weiter"!

# Eberhard hat Geburtstag

Wie der Titel schon sagt, Eberhard hat heute Geburtstag. Ich sollte ihm natürlich gratulieren. Das will ich eigentlich auch. Tue ich schon seit Jahren. Das Problem ist nur … Ich weiß nicht, ob Eberhard überhaupt noch lebt?

Wenn ich jetzt so darüber nachdenke, kann ich mich nicht einmal genau erinnern, wann ich Eberhard das letzte Mal gesehen oder gesprochen habe.

Wir waren eine Zeit lang Mitglieder im selben Verein, trafen uns dort einmal die Woche, saßen gerne zusammen und quatschten, aber dann bin ich weggezogen, aus dem Verein ausgetreten und habe seitdem … (Wie viele Jahre mögen es inzwischen sein?) … keinen Kontakt zu Eberhard gehabt.

Meine Glückwünsche überreichte ich Eberhard anfangs pünktlich per E-Mail. Später per WhatsApp. Auf die E-Mails bekam ich sogar eine Antwort. Danach? Das weiß ich nicht mehr. Es war mir auch nicht wichtig.

Mit meinen jährlichen Gratulationen wollte ich Eberhard nur mitteilen, dass ich ihn nicht vergessen habe. Mehr war auf die große Entfernung nicht drin. Echte Freunde sind wir nicht geworden, doch das wäre möglich gewesen. Daher die Mühe. Aus Zuneigung und Respekt.

Erst vor Kurzem habe ich entdeckt, dass meine Glückwünsche per WhatsApp an einen weiteren Bekannten gar nicht bei diesem landeten. Jemand anders hat seine Rufnummer übernommen und meldete sich bei mir kurz mit: „Ich bin nicht Jürgen."

Da machte es dann Klick bei mir und ich fragte mich, wie viele der Menschen, die meine WhatsApp-Grüße zum Weihnachtsfest, Neujahr und zu Ostern nie erwiderten, meine Post gar nicht erst erreicht hat: weil sie ihre Rufnummer geändert haben, ein Senioren-Smartphone nutzen, das gar kein WhatsApp hat oder ... weil sie tot sind?

Also, was soll ich machen?

Was, wenn ich Eberhard wieder eine WhatsApp schreibe und er antwortet nicht? Woher will ich dann wissen, ob er meine Post erhalten hat. Oder wem ich da zum Geburtstag gratuliert habe, der gar nicht Geburtstag hat?

Und wenn der Eberhard erst vor Kurzem gestorben ist oder ausgerechnet heute und seine Witwe meinen Glückwunsch liest?

Sehr unangenehm.

Andererseits, wenn er bereits länger tot ist, dann hätte mich irgendjemand aus der Familie informieren können. Immerhin gratuliere ich ihm schon seit Jahren zum Geburtstag, wünsche frohe Weihnachten und Ostern ...

Dennoch. Unangenehm.

Und wenn ich Eberhard einfach anrufe?

Ja, was sage ich, wenn er rangeht?

Wir haben uns so viele Jahre nicht mehr gesprochen. Ich kann ihm da nicht einfach kurz zum Geburtstag gratulieren und schnell auflegen. Ich müsste dann mit ihm reden. Aber worüber? Mir fallen gar keine gemeinsamen Themen mehr ein. Und Eberhard hat schon immer gerne und viel erzählt. Darauf habe ich aber keinen Bock. Und ich erinnere mich auch, er reist gerne. Vielleicht will er mich dann hier besuchen. Dann müsste ich mich noch womöglich tagelang um ihn kümmern. Das will ich erst recht nicht. Gäste sind lästig. Aber wie könnte ich ihm das verweigern – an seinem Geburtstag?

Und wenn er gar kein Interesse mehr an mir hat? Wenn er sich nicht einmal an mich erinnert und fragt, wer sind Sie?

Peinlich.

Dann war's das mit Geburtstagsglückwünschen und allen anderen. Ich kann doch niemanden mit meinen Grüßen belästigen, ihn zwingen, mir anstandshalber antworten zu müssen.

Tat ich das bereits? Möglicherweise schon seit Jahren?

Ich könnte unter einem Vorwand bei irgendjemandem aus dem Verein anrufen.

Auch blöd.

Nach so vielen Jahren wird auch der sich wahrscheinlich nicht mehr an mich erinnern können oder, schlimmer noch, alles Mögliche von mir wissen wollen.

Und wenn ich bei dem gleich nach Eberhard frage, dann ist er womöglich beleidigt. Fragt, warum ich Eberhard nicht direkt angerufen habe. Schließlich hat er Geburtstag?

Und wenn ich sage, dass ich Eberhards Telefonnummer verlegt habe und dann erfahre, dass er bereits seit Jahren tot ist, dann stehe ich da wie ein schlechter Freund. Dabei waren wir nie Freunde.

Ganz blöd.

Scheiß darauf.

Ich schreibe eine WhatsApp.

„Lieber Eberhard, alles Gute zum Geburtstag!“

# Null Bock auf Null
(für Antonija und Nikica)

Ich weiß nicht, wann ich aufgehört habe, mich über Geburtstage zu freuen. Von allein hätte ich es anfangs gar nicht mitbekommen, dass ich von Jahr zu Jahr älter werde. Es zu wissen, hat man mir aufgezwungen. Ich musste mein Alter mit meinen Fingern abbilden können. Ich brauchte immer mehr, und bei zehn war Schluss.

Mein 10. Lebensjahr entpuppte sich ohnehin als ein schicksalhaftes. Bis zu diesem bezeichnete mich mein Großvater als "Sohn der Sterne". Zu diesem besonderen Geburtstag beglückwünschte er mich mit den Worten: "Nun bist du kein Sohn der Sterne mehr. Du hast deine erste Null bekommen."
Das hat mich zwar tief getroffen, aber meiner inzwischen gewachsenen Lust am Älterwerden keinen Abbruch getan.

Ich wollte jetzt so schnell wie nur möglich erwachsen, also 14 werden und aufs Gymnasium kommen. Dann würde ich zwar weiterhin kein "Sohn der Sterne" mehr sein, aber zu der geistigen Elite aufsteigen, die sich um solche kindischen Vorstellungen nicht kümmert und auf ein Leben vorbereitet, bestimmt von Wissensdurst und Erkenntnis.

Kaum habe ich es geschafft, stand schon mein nächstes Ziel fest. Ich wollte 18 und volljährig werden.

Spätestens als ich mit dem Studium anfing, ließ der Drang nach Älterwerden allmählich nach. Die Geburtstage machten zwar mehr Spaß als je zuvor. Sie waren ein willkommener Anlass zu immer ausgelasseneren Feiern im Kreise der 50 bis 100 "engsten Freunde". Aber die Jahre, die ich dabei angesammelt habe, fingen an, den Seelenfrieden zu stören.

Ich musste planen, mit ihnen rechnen. Bis spätestens 24 sollte ich mein Studium abschließen, mit 25 einen Job, mit 30 eine Ehefrau finden, dann ein Haus bauen, eigene Kinder bekommen ...

Wenn man in Italien wissen will, wie alt jemand ist, fragt man auf Italienisch nicht "Wie alt bist du", sondern "Wie viele Jahre hast du". Dort, wo ich aufwuchs, war es genauso.
Anfangs habe ich, ohne groß darüber nachzudenken, einfach die aktuelle Zahl genannt: 24, 25, 26 ...

Ich denke, dass ich ungefähr Mitte 30 wurde, als ich zum ersten Mal darauf antwortete: "Das weiß ich nicht. Ich kann dir nur sagen, wie viele Jahre ich nicht mehr habe."

Und leider hatte ich damit recht. Diese Jahre waren futsch, mir für immer entglitten, unwiederbringlich verloren. Aber war die so verlorene Zeit für die Katz? Habe ich das Beste aus diesen Jahren herausgeholt?

Der nächste Geburtstag war auf einmal kein Grund mehr zum Feiern. Ein Anlass zur Freude war allenfalls, dass man noch am Leben ist. Der Karren fuhr eindeutig in die falsche Richtung. Ihn zur Umkehr zwingen, konnte ich nicht. Abzuspringen war auch keine Lösung.

Was ich inzwischen geschafft habe, ist, aus der Erkenntnis Konsequenzen zu ziehen.

Meine Geburtstage feiere ich schon lange nicht mehr. Alle anderen Tage sind mir genauso lieb.

Aus den 50 bis 100 "engsten Freunden" sind mir nur so viele geblieben, dass ich sie an meinen Fingern abzählen kann.

Alles, was war, ist mir eine Erinnerung wert. Was zählt, ist das, was erst noch kommt. Die Neugierde, glücklicherweise, altert scheinbar nicht mit.

Und es tröstet die Gewissheit, dass, wenn es mal eines Tages so weit ist, ich wieder zum "Sohn der Sterne" werde.

In einer anderen Welt ohne Zahlen und vor allem ohne die Null!

# Das Licht am Ende des Tunnels

Ich habe ein Alter erreicht, in dem mich jede Glühbirne überleben kann. Eine LED-Lampe kaufe ich mit besonderem Bedacht. Sie könnte die letzte Lichtquelle sein, die ich sehen werde. Selbst ein Lichtschalter jagt mir mittlerweile einen Heidenrespekt ein.

Als ich noch jung war, wusste ich, ohne darüber nachzudenken, dass die Macht bei mir war. Ich entschied mit jedem Tastendruck, ob das Licht an- oder ausgeht. Nun weiß ich es besser.

Dem Lichtschalter ist das egal. Wenn ich nicht mehr bin, ich es nicht mehr tue, wird ein anderer kommen, der ihn betätigt. Das Licht wird einem anderen leuchten. Und auch ihm irgendwann ausgehen.

Der Lichtschalter wartet. Er bewahrt das Licht. In der Dunkelheit. Nachts.

Wenn die Sonne kommt, in den Raum eindringt, wird er bedeutungslos. Selbst wenn er eingeschaltet ist, nimmt man ihn und sein Licht nicht mehr wahr. Also wartet er. Auf das Zuklappen der Fensterläden.

Das Schließen der Türen. Auf dass es wieder dunkel werde. Auf die Berührung einer Hand.

Wessen Hand, ist ihm egal. Sie kann ihm gestohlen bleiben. Das Licht nicht. Es wird auch ihn überdauern. Und doch irgendwann ausgehen. Aber nicht für immer.

Irgendwo in der Dunkelheit wird man das Licht finden. Wenn es verschwinden würde, würde sich auch die Dunkelheit auflösen. Ins Nichts.

Würde es darin noch ein Leben geben? Eins, das noch nicht vergangen ist. Eins, das noch ist.

Vielleicht ist es jetzt schon da. Und die Dunkelheit ein Zustand. Und das Nichts lebendig.

Die Hoffnung stirbt zuletzt.

Wenn ich meine Augen schließe, sehe ich kein Licht, aber auch keine Dunkelheit. Ich sehe nichts. Und dennoch lebe ich. Und denke. Und schlafe ein. Und träume. Und bin.

Auch blind und taub, ich bin.

Auch wenn niemand mich je gesehen oder gehört hat, so bin ich.

So wie der Stuhl schon immer in dem dunklen Raum war. Noch bevor jemand das Licht anmachte.

Nichts ist von Dauer. Und alles dauert, braucht seine Zeit.

Menschen belügen sich.

Sie sagen: „Ich habe Zeit." Oder: „Ich habe keine Zeit mehr." Als ob sie über die Zeit verfügen könnten.

Oder sie sagen: „Jetzt ist nicht die Zeit dazu." Als ob die Zeit einen Anfang und ein Ende hat.

Oder: „Kommt Zeit, kommt Rat." Als gäbe es Varianten der Zeit.

Oder sie sagen sogar: „Das war vor meiner Zeit." Als hätte jeder eine eigene Zeit.

Allein die Zeit ist zeitlos. Sie ist wie das Nichts. Nicht greifbar und dennoch lebendig. Solange Leben in ihr ist. Das Vergängliche. Unsere Vergänglichkeit hält die Zeit am Leben. Unser Altern offenbart sie. Erst wenn der Letzte das Licht ausmacht, wenn das Leben aufhört, wird auch die Zeit aufhören zu sein. Und sie wird aufgehen im Nichts.

Nichts ist so dauerhaft wie der Tod. Aber auch er vergeht. Vergilbt, wie die Erinnerung vergebens festgehalten auf einem Lichtbild. Oder vermeintlich verewigt in einer fragilen Abfolge von Einsen und Nullen, die bei jedem Energieverlust in Gefahr gerät, für immer zu verschwinden.

Der Tod ist ein makabrer Schelm. Er knipst das Licht aus. Der Stuhl verschwindet. Auf Nimmerwiedersehen. Und wenn ein anderer das Licht wieder anmacht, sieht er einen leeren Raum. Und er denkt: „Das ist ein schöner Raum. Mein Raum. Hier würde gut ein Stuhl hineinpassen.“

Als ob es so etwas wirklich gäbe: „Mein Raum, dein Raum, sein Raum.“

Auch der Raum ist ein Teil vom Nichts. Nichts kann man besitzen. Wenn die Grenzen verschwinden, die Mauern fallen, die Häuser verfallen, kein Berg mehr steht, kein Fluss mehr fließt und kein Meer mehr rauscht ... Wenn nichts mehr im Raum ist, dann hört auch der Raum auf zu sein.

Etwas länger überdauern wird nur noch der Duft des Blutes, das wir vergossen haben, um ihn zu erschaffen: meinen Raum, deinen Raum, seinen Raum. Und dann vergeht auch der Duft.

Das Licht am Ende des Tunnels verschwindet mit dem Tunnel. Zusammen mit „endlich", „endlos" und „seit geraumer Zeit". Die Hoffnung wird nicht weiter gebraucht. Das Leiden nimmt keinen Anfang mehr. Es geschieht nichts. Es geht nichts verloren. Nichts wird vermisst, nichts ist mehr möglich. Und nichtsdestotrotz:

Nur Nichts ist von Dauer!

ZUGABE

# Die schönste Frau der Welt

"Sie ist die schönste Frau der Welt!", sagte das Herz, das liebt.

"Ganz unserer Meinung", sagten die Augen, die schmeicheln, "wir müssen sie dauernd ansehen."

"Und ich würde ihr so gerne etwas geben", sagte die Hand, die schenkt, "doch ich traue mich nicht. Nicht, während ihr sie anschaut, und nicht, solange du sie liebst, Herz. Denn wenn sie euch sieht, wird sie glauben, wir wollen etwas von ihr, und wenn sie dich klopfen hört Herz, dann glaubt sie es noch mehr."

"Warum musst du denn immer alles so komplizieren?", sagten die Augen.

"Stimmt", sagte das Herz, das liebt, und seine Stimme zitterte ein wenig. "Liebe ist doch so einfach."

"Ach ja", sagte die Hand. "Wieso geht ihr dann nicht einfach zu ihr und sagt ihr das?"

"Wir sagen es ihr schon die ganze Zeit. Wir brauchen dazu keine Worte", sagten die Augen, die schmeicheln.

"Und ich kann so etwas nicht mit Worten sagen", klopfte das Herz, das liebt.

"Also muss ich ja doch wieder alles selbst machen", sagte triumphierend die Hand, die schenkt, doch man merkte es an ihrer Stimme, dass sie von solch einem Triumph nicht sonderlich begeistert war. Sie erhob sich etwas unwillig und winkte dem Ober zu.

Die Beine der Dame lächelten breit.

# Kapitelverzeichnis